봄, 아다지오

홍오선
숙명여고, 이화여대 국문과 졸업
1985년《월간문학》시조, 2008년《아동문예》동시조 등단
시조집 『繡를 놓으며』 『내가 주운 하얀 음표』 『하늘 바라 서리라』 『행복 찾기』 『내 손안 푸른 지환』 『사랑니, 뽑다』 『냉이꽃 안부』, 단시조집 『날마다 e-mail을』(세종도서 문학나눔 선정), 현대시조 100인선 『어눌한 詩』, 동시조집 『아가랑 할머니랑』 『머니 할』 등
이영도시조문학상, 한국시조시인협회상, 현대시조문학상, 한국동시조문학상 등 수상
한국시조시인협회 부회장 역임, 한국여성시조문학회 고문
arishong118@hanmail.net

봄, 아다지오

—

초판 1쇄 2023년 2월 22일
지은이 홍오선
펴낸이 김영재
펴낸곳 책만드는집

—

주소 서울 마포구 양화로3길 99, 4층 (04022)
전화 3142-1585·6
팩스 336-8908
전자우편 chaekjip@naver.com
출판등록 1994년 1월 13일 제10-927호
ⓒ 홍오선, 2023

—

—

ISBN 978-89-7944-828-3 (04810)
ISBN 978-89-7944-354-7 (세트)

책 만 드 는 집   시 인 선 2 1 3

봄, 아다지오

홍오선 시조집

책만드는집

내 발길에 차인 잡초
뉘에게는 꽃이었겠지

어쭙잖은 내 붓질이
칼금인 적 없었을까

지나온
날들을 헤며
발꿈치를 털어본다

2023년 초봄
홍오선

| 차례 |

2부   육교 위로 뜨는 달

3부 꽃 지자 잎은 피고

4부   퍼즐을 맞추듯

5부 　간이역의 나날

1부
붉은 실 이야기

못

몸 그늘
곳곳마다
밤낮없이 들앉던 것

살짝만
방심했다면
심장까지 겨눴으리

누군가
망치를 든 이
내 빈 곳을 찾고 있는,

시작詩作

순간을 꽃피우고 매듭짓는 겸허한 손

수시로 맺어왔던
문장을 지워내고

따스한 당신 가슴에 오늘 내가 듭니다

한번 피면 지지 않는 우리 생의 손뜨개질

무대 뒤 응달에서
당신이 바래어도

다시는 우는 일 없이 향기를 품겠습니다

붉은 실 이야기

풋잠 든 그 사이로
누천년이 흘렀으리

서로가 알지 못해
무심히 지나쳐도

엇비낀 꿈길 안쪽에 그대 자리 있었으리

한없이 풀려 나간
실타래 끝은 어디

따라붙는 세상일에
손사래 쳐보아도

잡을 듯 잡지 못하고 놓을 듯 놓지 못한

헛꽃

단 한 번

눈길에도

능소화가 피는구나

그 한 밤

격정으로

시나브로 여위더니

비 온 뒤

담장 너머로

온데간데없는 얼굴

끈

진작 놓았다면 아리지는 않을 것을

하루 이틀 어정쩡히 미루며 보낸 날들

잇지도
끊지도 못한 채
평생이 아린 아비

명치에 대못인데 네 이름이 잊어질까

탯줄 자른 언저리가 해마다 도져와도

그 울음
뱉지 못하고
숨마저 참던 어미

홀씨의 기도

봄빛에도 떨려오는 살아온 날의 이유

바람이 몸을 키워 매달리는 법이 없네

이슬로 맺는 이름을 헤아려 주시옵길,

날 두고 가는 너를 차마 잡지 못하고서

무작정, 막무가내로 그 길 먼저 날아가서

산산이 흩어질 목숨 품어 안아 주시옵길,

민들레로 너는 피어

떨어진 꽃씨 한 톨 지금껏 살아있네
한겨울 나락 속을 오지게도 헤쳐 나와
마지막 기도의 첫머리 아픈 눈을 뜨고 있네

이제는 간절한 것들 마음껏 피워보련
세찬 바람 타고 올라 연鳶이 되어 나는 너를
촉촉이 살 트는 햇살에 오래도록 비춰보네

놓쳐버린 눈길에도 꽃잎은 흔들리고
알아도 모르는 척 발걸음 감춰두고
전생을 떨며 돌아온 네 그림자 끌어안네

실크로드, 아기 미라

오래된 먼 이야기 귀도 눈도 다 멀어서

가여운 목울음만 허공을 베어 물고

이곳에 누워있구나, 참 환한 꽃밭이다

아랫녘 모래바람 안부로 들려오는

기도문의 첫 줄 같은, 깊어진 포옹 같은

한 품에 안겨 들거라 어미젖을 내주마

풋잠

꽃이 피고 지는 것을
그 꽃이 어찌 알까

한껏 치켜세운
꽃대의 극점 끝에

아무도
눈치 못 채게
한순간이 가는 것을

매미

제 허물 벗어놓고 간 슬픈 어미 보았나요,
썼다가 지워버린 비망록 끝자리엔
누웠다 또 일어서는 바람의 붓 자국만

네게로 가는 길이 가뭇없이 지워질 때
서산머리 지는 해만 하릴없이 붉어와서
휘파람 나뭇잎 사이로 길게 빠져나간다

여린 날개 빈 몸으로 바장이는 허공인가
가지 사이 그 자리에 흔들리는 먹빛 하늘
팽팽히 날 선 시간이 가을 쪽을 긋는다

새 떼

허공에 집을 짓곤 허물던 여자들이
기억은 놓아버려도 가슴에 묻은 이름
그 어혈, 풀릴 때까지 시간을 되짚는다

평생을 달고 살던 무형의 족쇄였나
낯선 그물에서 날갯죽지 파닥이며
금침을 꽂고 있는가, 잘 익은 고요 한 겹

담쟁이

허랑한 생을 보낸
단 몇 줄
이력마저

놓치지 않으려고
움켜쥔
저 갈퀴손

어머니 노숙의 밤을
맨발로
오르신다

내 안에 얽힌 핏줄
다스리는
저 손길

무성한 소리 소문
말없이
덮어가며

지상에 마지막 꽃등
맺고 가신
걸음걸음

꽃길 각시

나보다 먼저 가소,
열흘 아니, 하루라도…

치매 아내 걱정하는
남편은 간암 말기

칠십 년
소꿉 신랑의
본마음이 드러난다

아는 듯 모르는 듯
벙긋벙긋 끄덕끄덕

해말간 저 표정은
갓 스물 새각시지

힘겹던

한생을 잊고

꽃길만 걷는 게지

몽돌

파도가 가슴을 열어
나를 안아주었다

혀 닳도록 쓰다듬고
얼러가며 달래줬다

하늘도
모지라짐 없이
내 안으로 들어왔다

2부

육교 위로 뜨는 달

베트남 심청

연蓮이
연輦 되리라고
내 어찌 언감생심焉敢生心

그 먼 길
고랑마다
피눈물 찍어가며

온몸에
자줏빛 멍울
연꽃으로 피어났다

슬픈, 밥

1

무작정 상경하여
봉제 공장 지하에서

밥줄인 양 끌어안은
중고 미싱 돌려가며

파리한 만성 위장염
얼굴같이 뜬, 낮달

2

길 아닌 길을 내며
말을 끄는 늙은 마부

아찔한 곡예 하듯
벼랑을 넘고 넘어

싸아한 생을 품으며
올려보는 그, 낮달

봄밤 꽃 지듯

철부지 그 시절엔 내 보법이 버거웠다
쓴맛 단맛 맵짠 맛 이러구러 철들 무렵
잎잎에 번진 꽃 자국
그처럼 익어갔다

새살 돋는다고 수런대는 바람결에
밤이 무릎 꿇고 공손히 깊어가고
아무렴
꽃비는 비 아닌가
속살 톡톡, 터진다

그리운 자리

슬하를 떠나올 때 꾸러미에 넣어주신
길이 든 뚝배기가 지금껏 끓고 있다
주름진 고갯길마다 간이 배는 부뚜막

살다가 부대끼면 슬며시 찾곤 했다
넉넉하고 따뜻한 품 언제나 열어주던
불꽃은 잦아들어도 식지 않던 부뚜막

때로는 시린 마음 고달픈 한숨일 때
서로를 달래가며 가슴에다 불 지폈지
잉걸불 일렁거리며 들어앉던 부뚜막

늦은 한 끼

몸 안팎을 헤매 도는
회오리, 그 바람에도

심장이 뛰는 동안
살아있는 그 이름

두어 뼘 꽃그늘이 와
손님으로 앉은 봄날

기다림을 배웠기에
후회는 접어둔다

실수를 알았으니
겸손을 얹어본다

내 앞에 조촐한 의식

첫술을 뜨는 저녁

외등

외눈박이 코뿔소가
질척이며 서있구나

눈망울 파리하게
졸음으로 깜박이다

떠날 듯
눌러앉을 듯
온밤 내내 서있구나

눈물 젖은 속엣말을
그리 쉽게 내비치랴,

차마 나를 두고
돌아설 수 없다면서

그림자

길게 늘인 채

아직 네가 서있구나

백수白手의 일과

변변한 일도 없이 생각만 범람하지
순식간 날아가는 연기煙氣일까 연기演技일까
하루를 살아냈다고 물 흐르듯 지냈다고

어둠이 어둠을 끌고 슬머시 스며들다
화들짝, 별빛 바라 그 자리 주저앉아
푸념이 푸념을 하네 언제 때가 오느냐고

끝끝내 결곡하게 눈물로 쌓는 돌탑
꿈에도 꿈을 찾는 처절한 질량만큼
일시에 무너져 내릴 착각이다, 늪 언저리

거울을 읽다

저기 비친 내 얼굴이 심기를 건드린다

꽃인 듯 또 아닌 듯 흩어지는 저 표정들

타고난 어설픈 끼는 어쩔 수가 없구나

나이보다 더 웃자란 치자 빛깔 그림자를

첫새벽 찬 이슬로 여과지에 받쳐낸다

그 한때 우리들 자리 어디쯤에 숨었을까

엑스트라

3막 5장 연극 내내
대사 한번 못 해보고

주인공만 바라보다
무대는 끝이 났다

이럴 줄 알았는데도 깊어진 한숨 한 줄

처방전을 잃었던가
덧나는 상처마다

시절은 사정없이
등줄기를 후려친다

커튼콜 마지막 기회, 그마저도 없었다

뜨개질

늘 가는 길이지만 언제나 낯이 설다
먼 듯 가까운 듯 출발선도 삐뚤삐뚤
고빗길, 생의 언덕에 도사리고 있는 함정

오랜 약속인 듯 다 잊은 네 이름이
해종일 딴청 부리며 코바늘에 걸려있다
가슴에 품었던 날들, 다 뜰 수는 없는 걸까

바늘이 놓친 한 코 어느 틈에 흠집 되어
가슴엔 찬바람이 쉴 새 없이 들락인다
뒤늦게 메꾸어보는 내 상처의 이음새

육교 위로 뜨는 달

나는 네 것 아니라고
너는 내 것 아니라고

완강히 거부하고 떠나갔던 그믐달이

계단을 밟아 오른다
휜 등이 여전하다

앞만 보고 올라온 길
저만치 바라보면

줄을 선 자동차의 뒤쪽 방향 불빛 같은

나직이 번지는 눈물
꼬리를 물고 간다

놓쳐버린 젊은 날이
저렇듯 따라와서

빠끔히 눈치를 보는 서울의 한복판에

추억을 방생하는 밤
지나온 길 환하다

어떤 우화羽化

저 화상 보기 싫어, 날 좀 데려가 주…
늙은 어매 넋두리가 하늘에 닿았는지

어느 날
거짓말같이
지상에서 사라진 그

언제 한번 진정으로 울어라도 보았을까
칠 년인지 칠십 년인지 쪽방 구석에 뒹굴더니

저세상
나들이 가듯
허물 한 벌 벗었다

그 섬

촉수 낮은 알전구에 어둠이 엉길 때쯤
어느덧 내 발길은 갯가를 서성인다
역마살 또다시 번져 똬리 틀듯 뜨는 섬

안개가 품은 개펄 누구의 가슴인가
시 한 줄 흘려놓고 돌아서던 얼굴인가
꽃인 양 눈물 어린다, 기억 속에 뜨는 섬

등댓불 처연하게 파도를 잠재울 때
버려진 초가 한 채 주인 없이 지레 졸고
유배지 먹물 한 점이 그믐달로 뜨는 섬

너

품에 꼭 안길 듯이
하얗게 밀려들다

팔 벌려 다가서면
저만치 쓸려 가는

파도야,
네 등을 타고
왔다 가는 얼굴 있어

3부
꽃 지자 잎은 피고

초사흘 달

나비처럼 사뿐하게

내려앉는 너의 눈빛

어둠에 무등 타고

봄 문턱을 넘어서서

평생을

잊지 말라고

찍어놓은 저, 발자국

꽃 지자 잎은 피고
- 상사화에게

황망히 다녀간 자리
풋풋한 향기 속에

스치듯 엇갈린 채
남아있는 발자국들

낭자한 바람의 권속
너와 나의 길이었구나

어쩌다 꽃으로 온
이승도 한때지만

날 두고 먼저 가신
저승은 어떠신가

사랑을 허락한다는
외마디 낙관 하나

눈물의 힘

애써 외면했던 지난겨울 혹한 속에

칼금 긋듯 종적 없이 무너지던 그 기억들

어둠에 길들여지고, 뿌리를 움켜쥐고

언 땅을 줄탁하며 기지개를 펴는 하루

허했던 가슴팍이 온기로 풋풋하다

하루가 천금이라고 진을 치는 봄볕 나절

뉘 몰래 숨겼던 눈 살포시 뜨다 말다

이 꽃에서 저 꽃으로 심부름 가는 바람

오가다 흘린 꽃말을 귀를 모아 엿듣는다

봄, 아다지오

보챔도 서둚도 없이 달그림자 걸음으로

벙글 듯 눈썹이 젖는 꽃잎의 여린 어깨

첫사랑 내게 오듯이 그렇게 물이 드네

몰래 앓던 몸살처럼 저 붉은 꽃의 나이

밤새워 손잡아 줄 그리운 그 얼굴만

천천히 아주 느리게 기적으로 다녀가네

꽃그늘

혈육 한 점 얻지 못한
죗값이 이리 크네

시앗도 내 탓이라
곁 품 한 뼘 주지 않고

한사코
밀어만 내다가
도라지꽃 이내 졌다

하얗게 번져가는
꽃그늘 아래 서면

바람도 갈맷빛으로
무시로 흔들리고

백모님

가슴앓이던가

도라지꽃 다시 핀다

눈빛 놀

연습이란 것도 없이
단숨에 달려와서

그리워 느닷없이,
우리 서로 맞잡은 손

이제 와
돌이켜 본다
망연히 놓친 언약

한때 꽃이었고
또 한때 노래였던,

즐거이 바장이던
그 길목 아래에서

종일을

울었나 보다

저 붉은, 눈빛 바림

새벽 달빛

핏기 가신 얼굴을 하고
문지방을 넘어오는

맺지 못한 시편처럼
뒤숭숭한 마음일 때

발자국 점점이 남긴
하늘 길이 보인다

사는 법

바람이 운다는 거, 천만의 말씀이지
누웠다 일어섰다 제 길을 익히느라
들풀과 몸싸움하는
치열한 몸짓인 걸

눈썹달 지쳐가는 그믐밤 자시子時경에
네가 꼭 올 것만 같아 쪽문을 열어두고
그 문 뒤 그림자로 서서
네 모습 지키는 날

이월 낮달

겨우내 삼킨 울음 이제야 곰삭는지

진흙길 발자국을 뉘 몰래 닦아가며

가다간
그림자마저
지우면서
가는 너

척박한 길이었다고 등덜미를 쓸어주며

고단했던 목숨만이 손톱만큼 남았다고

희미한
웃음 한 쪽을

베어 물고
가는 너

맨드라미

여름이 다 가도록 돌아오지 않는 처용

자고 나면 거짓처럼 내 입술은 더욱 붉어

천년을 건너온 사랑 멍울져 타오른다

남겨둔 발자국은 이리도 선연한데

내 가슴 그 안쪽은 바람 불다 비가 오다

가을날 몸부림치는 핏덩이를 뱉곤 한다

수척한 봄

고층 빌딩 꼭대기를 빠끔히 빠져나와

강남역 계단 밑을 안쓰러이 지켜본다

'ㄹ'자 종일 엎드린 등을 바라 뜬 낮달

개똥참외

한사코 너를 향해
쏘아대는 내 눈빛과

한 치 오차 없이
되돌리는 속내까지

푸념을 뱉어놓은 듯
부질없는 끝 여름

평생 눈길 한번
주지 않던 지아비가

지어미 가슴앓이
짚어나 주는 듯이

슬며시 꽃 하나 달고
오두마니 앉았다

모닥불

내 젊음에 머물던 무작정의 한때 초록

그 초록이 겨워하며 뱉어낸 다홍이다

누구도
다치지 마라
어우러져 핀 저 꽃을

세상일 서툴러서 이리저리 부대끼다

타닥, 어느 순간 튕겨 나간 불티처럼

네 가슴
별이었다가
사위어간 추억들

동백꽃 하루

세상의 이분법이
이렇듯 무섭구나

흑백의 논리에 밟혀
참수당한 앙투아네트

목 놓은
자리에서도
눈 뜨고 항변한다

4부

퍼즐을 맞추듯

모순

어쩌면
한 몸에서
태어났을 너와 내가

순리와 역린을 한꺼번에 꿈꾼다면

어느 게
더 아픔일까
따지지 말아다오

퍼즐을 맞추듯

무언의 몸짓으로
나를 채근해도

자꾸만 풀어지는 앞섶을 여미어도

발등에 돌을 얹은 듯
가는 길이 더디다

하루치 허기짐이
목까지 차오른다

어거지로 꿰맞추다 놓쳐버린 조각들이

주위를 뱅뱅 돌고 있다
순서도 뒤바뀐 채

너는 올라오고
나는 내려가고

돌아볼 겨를 없이 스쳐 가는 에스컬레이터

이렇게 우리 만남은
역방향에 엇각이다

종점 부근

뜬구름만 좇던 사내
먼 길 떠난 그날부터

비로소 꽃이 됐다
웃지 않는 종이꽃

마지막 버스도 잠든 곳
그 여자의 주막집

지난날 반짝이던
아지랑이 속살 속에

가끔씩 웃어주던
정든 이의 덧니 같은

눈썹달, 기웃거리며
여자를 지키는 곳

알전등에 물린 불빛
어깨를 적실 때면

막걸리 한 사발에
목멤을 씻곤 하는

자줏빛 마른 젖꼭지
그늘에 든 밤이 온다

닻

누가 기다린다고
예까지 끌고 왔나

수평선이 가 닿는 곳
바람이 누웠구나

쫓기듯 살아왔다고
어설프게 몸을 풀며

찢어진 풍선처럼
떠다니던 울음들아

떨쳐도 달라붙는
파도의 허물인가

내 발목 붙잡고 있는
닻이었다, 지금 너는

폭포의 길

꼭꼭 묶인 매듭처럼
아등바등 살았던가

손안의 묵은 때를
정갈히 씻어주며

시린 등 쓸어내리는 바람의 긴 손가락

멈출 순 없었을까
돌이킬 순 없었을까

한평생 밀고 당기던
막다른 벼랑에서

생각할 겨를도 없이 저를 버린 바람의 발

아찔하다

맹목, 그
아래서는
눈꼬리도
땡볕이다

간이역 귀퉁이에서
졸고 있는 한 노인

한여름
살아있음이
불볕 아래
아득하다

난장

퍼즐을 짜 맞춘 듯
쏘아 올린 명적鳴鏑인 듯

한바탕 돌개바람
헛소문을 들쑤시며

와르르 찾아왔다가
휑하니 사라진다

소문도 곰삭으면
적당히 간이 드나

한때는 사랑이던
시간의 꽃무늬가

이만큼 돌아서 보니
흉터로 남아있다

낙지 넋두리

허리 한번 펴지 못하고 언제나 흐늘대던 수족관 귀
퉁이에 납작 엎뎌 생각하니 발품만 팔아온 생이 오
늘따라 억울한데

제멋대로 살아온 건 누구나 마찬가지 소인배 입맛
맞추려 나를 씹고 씹더니만 팽형에, 사지절단에 난도
질이 웬 말이냐

전생에 도척이었나 나라를 팔아먹었나 생전에 무
슨 죄가 그리도 많았을까 억울해, 참말 억울해 죽어
서도 꿈틀, 꿈틀

임시방편

한곳만 바라보다 눈이 먼 청맹과니
한소리만 듣다 보니 두 귀도 먹먹하여
사방을 저울질하는 손, 볼수록 무색하다

숨차게 지나온 길 어쩌다 돌아보니
무작정 흘려보낸 남루한 시간들만
가뭇한 그림자 되어 이 저녁을 덮는다

거꾸로 돌려놓은 모래시계 꼭 그만큼
젊음도 한때거니 도리질을 하는 사이
지금이 꽃자리인 척 슬그머니 속아준다

막차 유감

지나온 발자취를 어둠으로 지워내자

불길한 저 그림자 희뜩희뜩 스쳐 간다

미확인 물체만 같이
내 안으로
들앉는 것

구르는 바퀴보다 마음 먼저 달려갈 때

쏟아지는 졸음 위로 떨어지는 별 그림자

아무도 기다리지 않는
빈자리에
아롱진다

창밖으로 드러나는 한밤중 어깨 너머로

잠깐씩 돌아보니 왔던 길만 완강하다

내일이 꼬리를 감출까
불안하다
극한지대

편도행

느슨한 침목 위로
뼈마디 덜컹이며

환승역 하나 없는
철길을 가고 있다

오늘이
전부일지라도
신기루를
꿈꾸면서

한 계절
풋잠 든 사이
길은 자꾸 이어지고

한 눈 감고 지나온 길
두 눈 뜨고 돌아가려니

이정표
더 이상 없네
인생이란
아뿔싸!

간헐천에 들다

건너지 못할 강물
내 앞에 가로놓여

건너편 강둑으로 이미 너를 놓쳤으니

지나온 시간의 뒤안길
바람개비 헛돈다

그 무슨 죄목 있어
밤새 들끓는가

마침내 벼랑 끝에 마음 한 쪽 매다는가

또 한 번 무릎 꿇으며
기도문을 외는 밤

기우뚱한 지축 위로
길은 이미 희미하고

저 어둠 걸러내는 꽃자줏빛 환상 속에

갈피를 잡지 못하는
꿈길만이 젖는다

겨울 안개

언제나 기약만 하다 놓쳐버린 차표 한 장

참았던 욕망의 그림자 제 키를 늘이는데

눈웃음 잠시 한때뿐, 몰려오는 안개군단

숨기고 싶은 것들 뒷전에 부려놓고

숨 한번 뱉어내도 막무가내 속수무책

한판승 뒤엎어 놓고 안개꽃을 흩는 너

물맛

찍어놓은 말없음표 갈증으로 고입니다

베갯머리 자리끼가 가끔씩 출렁입니다

머리맡 한 대접 물을 손님으로 모십니다

5부
간이역의 나날

치자 열매

저고리 옷고름에 걸어둔 언약으로

누구의 꽃 가슴에 피었다 영글었기에

이토록
순정한 빛깔
그리 쏟아놓느냐

간이역의 나날

꽃이라 부르지 마, 민낯의 마른 대궁

우울한 날의 빈손 불티 한 점 집어 들고

가끔씩 깨금발로 서는
간이역에 내린다

찐득한 일상사에 오가는 그 눈길은

털어도 달라붙는 도깨비바늘 같은 것

더 이상 추스를 수 없는
지난날을 헤아린다

하루에 열두 번씩 웅덩이가 되는 생각

그 가운데 내려앉아 헤집는 구름 얼굴

오지랖 한 품에 들어
노루잠에 빠진다

나잇값

인정머리 전혀 없는
시간은 톱니바퀴

우물쭈물하다 보니
가다 서고 서다 가고

가끔은
거꾸로 가는지
휘청대는 이 봄날

오롯이 나를 위해
한 줌 쌀을 씻는다

빈 솥에 별을 안쳐
눈물 금을 맞춘다

밥물이

넘치지 않게

알맞게 뜸이 들게

맨발

발등에 일렁이는
유년의 퍼즐 조각

잊었던 그 시간을 더듬더듬 맞춰가면

얼룩진
눈물의 말에
시려오는 발 그림자

어둠에 길들여져
목마름이 닿는 저녁

오래도록 걸어왔던 길은 늘 제자리라

밤마다

열꽃이 피는
가여운 내가 있다

시간을 뜨다

단 한 번 놓지 않고 평생토록 움켜잡은
어머니 그 한생이 실타래로 뭉쳐있다
실 한끝 못 미더워서 털지 못한 목숨 줄이

대바늘 코에 걸린 외줄을 당겨보니
이다지도 질길 줄은 왜 미처 몰랐을까
당신이 이루고 싶던 그 꿈의 질량만큼

꽃자리 마다하고 손마디 불거지도록
모진 자서전을 끝없이 풀어 쓰다
이제야 놓고 돌아선 뒷모습이 둥그렇다

조막손

할매는 한 땟거리로 진종일 무명 반 필

어매는 피난길에 삯바느질 드난살이

줄줄이
허기진 창자
채우기에 바빴던 손

가난도 길들 만한 석 달 가뭄 땡볕 아래

거미줄 친 돌확 안에 어른대는 풋보리알

시 몇 줄
휘감지도 못하는
너무나도 작은 내 손

파도 읽기

시간이 부서진다고 두려워하지 말고

그 자리 비었다고 채우려 하지 말자

물결이
물결을 밀듯
뒤미처 또 오리니

무늬로 아로새긴 그와의 짧은 만남

힘없이 스러지다 솟구침을 나, 보네

상처도
남은 흉터도
그리웠다 나, 읽네

백령도
-몽돌에게

자맥질 한창이던 저 바다의 흰 발바닥

시퍼런 파도에 맞서 알몸으로 부대끼더니

그 사내 끝내 못 잊어 물가에 앉았는가

사나흘 떠난 길이 이리 길고 멀 줄이야

비워둔 옆자리엔 어둠이 길을 내고

한 줄기 뜨거운 피가 강을 질러 돌아간다

안개

생전에
올리고 싶던
소리공양 한 소절이

꺾이다가 치이다가
들숨 날숨 몰아쉰다

물 번진
흑백사진같이
빛바랜
시간같이

십이월, 그 이후

어둠에 인질 되어 문고리 걸었어도
실금 간 틈 사이로 남은 생이 환하다
마지막 비상구 앞에 무슨 말을 남길까

살아온 발자취를 비춰보는 저 후미등
침 발라 넘겨보는 치부책 같은 날들
딱 한 잔, 귀밝이술에 행간이 조금 넓다

누구의 사랑인들 향내가 없겠냐만
오지 않는 십삼월이 저녁놀에 넌출댄다
다음이 또 시작이라며 기척으로 오시는 눈

앉은뱅이 꽃

애타게 부르는 소리 미처 듣지 못하고

스물여덟 눈물 뼈로 네 앞에 서기까지

밤이면 외돌아 피는 바람 별이었거니

철모른 날의 약속 무작정 따라나선

보랏빛 은하의 길 향방을 가늠하다

하늘이 견디다 못해 주저앉아 버렸는가

자벌레

오늘도 재며 간다 가없는 지구 위를

가다가 중간쯤에 쉼표 한 점 찍으며

일자로
길게 누워서
갈 길 또 궁리하는

끝이 어딘가를 나에게 묻지 마라

앞만 보고 곧장 가면 반드시 만나는 곳

그 어떤
장애물에도
임계점에 닿으리니

맨몸뚱이

쏟아지는 땡볕 아래
영문도 모르고서

줄줄이 끌려 나와
조아리는 개망초꽃

서러운
하늘 아래에
기막힌 일 또 있을까

맨손 맨발인 채
지천으로 뒹굴어도

목숨 줄 하나만은
질기디질긴 복이었네

오늘도
살아있음에
부끄럽지 않은 빈손

초저녁 별

천지가 아뜩하구나
너 없이도 봄은 오고

다시 또
이월 스무날
그림자는 어룽지고

울다가 빠개진 가슴
제풀에 돋아난 별

서정의 온축蘊蓄과 순명의 시학

유종인 시인

1. 서정과 실존의 연동聯動

오늘의 삶의 일상은 어제라는 흐름의 과거를 뒤돌아보거나 건너다보는 자리에서 또 잠시 후의 내일에 밀린다. 그리고 그 잠시 후의 내일은 지금 이 순간의 오늘보다 뒤에 닥칠 미래, 즉 앞날의 어제가 될 것이다. 시간의 흐름은 당연하게도 이런 물리적 순차의 배열 속에 순연하게 진행되는 듯하다. 그러나 우리의 마음과 깊이 연동된 시의식Poetic Consciousness은 일과성의 흐름에 기반한 시간의 경험뿐만이 아니라 과거와 현재와 미래라는 분절되지 않은 흐름의 상호적 생성의 진행형으로 융합되는 언어적 영성靈性의 구조체이다. 특히나 시조時調는 시절에 대한 시의성時宜性과 내면의 조화로운 결속과 그 언어적 기율紀律 속에 현대적 미의식을 갱신하는 정형시이다.

내면을 표출하는 장르 중에 시조가 지닌 가장 그윽한 측면은 역시 서정성lyricism이다. 홍오선에게 있어 서정성은 단순한 미의식의 여줄가리이거나 일반적인 시적 취향의 차원만이 아니다. 시인에게 서정抒情은 자기 존재의 안팎과 생의 근원을 살피는 가장 예민하고 끌밋한 자의식의 도구이면서 자기만의 실존적 탐색을 도모하는 시적 촉수의 연장선상에 있다. 그리하여 이즈음의 시인에게 서정은 그가 살피는 자기 주변의 특별한 사물과 같은 것이고 역으로 서정에게 홍오선 시인은 매번 새뜻하게 자신을 내주어야 하는 자별하고 새뜻한 존재의 기반인 것이다. 적지 않은 시간의 연륜을 통해 시인과 서정은 서로 너나들이하며 교호交互하는 내밀한 내통의 시조 언어를 구축해 왔다.

순간을 꽃피우고 매듭짓는 겸허한 손

수시로 맺어왔던
문장을 지워내고

따스한 당신 가슴에 오늘 내가 듭니다

한번 피면 지지 않는 우리 생의 손뜨개질

무대 뒤 응달에서
당신이 바래어도

다시는 우는 일 없이 향기를 품겠습니다
　　　　　　　　　　　－「시작詩作」 전문

　이런 시인의 시적 도정道程은 내밀한 심리 구조가 서정적 봉기를 하듯 "순간을 꽃피우"는 지점으로 돌올하다. 여느 관성적 일상의 관념들을 불식하고 한순간 영성으로 도약하는 순간들을 "수시로 맺어왔던/ 문장을 지워내"며 "생의 손뜨개질"로 마련하는 종요로운 작업인 셈이다. 이는 자신이 바라는 끌밋한 대상과 추구의 상태가 "무대 뒤 응달에서/ 당신이 바래"는 한이 있어도 쉽게 무너지지 않고 그 청아한 "향기를 품겠"다는 지향을 견지하는 일에 다름 아니다.

쉽게 허물어지지 않고 쉽게 매너리즘에 빠지지 않는 방편은 시인에게 있어 시작詩作이 매순간의 새로운 출발이며 오랜 서정의 축적과 갱신이기에 가능한 일이다. 사랑과 서정은 한 몸의 짝패와 같은 넋이라서 매번 새로이 서로 갈마들면서 시인의 감성을 북돋아 주는 신비의 요령鐃鈴처럼 울려오는 지경이다. 그녀는 매번 그렇게 자신의 웅숭깊은 서정에 기꺼이 복무한다.

애써 외면했던 지난겨울 혹한 속에/
칼금 긋듯 종적 없이 무너지던 그 기억들/
어둠에 길들여지고, 뿌리를 움켜쥐고

언 땅을 줄탁하며 기지개를 펴는 하루/
허했던 가슴팍이 온기로 풋풋하다/
하루가 천금이라고 진을 치는 봄볕 나절

뉘 몰래 숨겼던 눈 살포시 뜨다 말다/
이 꽃에서 저 꽃으로 심부름 가는 바람/
오가다 흘린 꽃말을 귀를 모아 엿듣는다
　－「눈물의 힘」 전문

흔히 눈물은 사회적 약자나 루저loser들의 속절없는 전유물이나 강자들인 사회적 자본가들이 취약계층에게서 빼앗는 일종의 전리품이거나 그 부산물로 치부되곤 한다. 그러나 시인은 눈물의 이런 퇴폐성頹廢性이나 패배주의를 갈아엎고 "혹한" 속에 "봄볕"을 심는 소명召命과 소망의 존재라는 점을 은연중에 부각하기에 이른다. 서정을 나약하고 몬존한 것으로 은연중에 취급하는 이들에게 홍오선의 눈물은 서정의 결기와 튼실한 활기를 "눈"뜨게 하는 개안開眼의 속내가 여실하다.

흥미로운 점은 이 시편에서 홍오선은 구문상構文上 어디에서도 눈물의 뉘앙스를 직접적으로 표현하지 않고 있다. 눈물이 지닌 관습적이고 관성적인 감상성sentimentality을 배제한 채 오히려 해맑은 기미機微마저 드러내고 있다. 이것은 기존의 시인들이 일찍이 가져보지 못한 눈물의 내재적인 복합성이나 그 견고한 생명력과 회복성을 드러내는 끝밋한 심리적 기제로 작용한다는 의미이기도 하다. 더불어 "언 땅을 줄탁하며 기지개를 펴는 하루" 속에 "허했던 가슴팍"을 "온기로 풋풋하"게 적시는 눈물의 가용可用과 묘용妙用은 "하루가 천금"으로 "진을 치는 봄볕 나절"의 그 눈물겨운 깨달음의 진척에 이르기도 한다. 특히나 전혀 별개의 분위기로 두 동 질 것 같은 "눈물"의 흐름과 "줄탁啐啄"의 기능을 하나로 아우르고 견주어내는 화자의 심리적 보폭은 활달하고 낙락하기까지 하다. 이는 눈물이 지닌 감상주의를 솎아내고 그 본래적 가치를 우려내는 시인의 의도와 그윽한 속내가 발현된 대목이기도 하다.

그러나 이런 눈물의 내포적 의미와 감각적 이미지는 "오가다 흘린 꽃말을 귀를 모아 엿듣는"과정에서 그 습습한 모용貌容을 돋워내기도 한다. 화자가 제목에서처럼 눈물의 한스러움이나 눈물의 속절없음에 경도됐더라면 아마도 신파나 청승에 빠졌을 텐데 그걸 품고 비켜 가는 시인의 부드러운 내공이 눈물을 그윽한 속종의 '힘'의 원천과 아우라aura로 변주하는 여력이 자자하다.

황망히 다녀간 자리
풋풋한 향기 속에

스치듯 엇갈린 채
남아있는 발자국들

낭자한 바람의 권속
너와 나의 길이었구나

어쩌다 꽃으로 온
이승도 한때지만

날 두고 먼저 가신
저승은 어떠신가

사랑을 허락한다는
외마디 낙관 하나
　－「꽃 지자 잎은 피고 － 상사화에게」 전문

　섬려纖麗하다. 이 시편에 이르러 시인의 서정적 폭은
"스치듯 엇갈린 채/ 남아있는 발자국들"이 지닌 적막한
흔적으로서의 완보緩步이다가 "어쩌다 꽃으로 온/ 이승도
한때"인데 또 "날 두고 먼저 가신/ 저승"길의 속절없음으
로서의 속보速步가 광활한 시간의 꽃밭을 아우르는 지경
이다. 새뜻한 만남인가 싶은데 어느새 황망한 이별이 당
도해 있고 "풋풋한 향기" 속인가 싶은데 "낭자한 바람의
권속"으로 덧없는 세월에 꺼둘리고 있는 것도 같다.
　꽃이 잎을 못 기다리다 가고 잎새가 꽃을 못 보는 상사

화의 생물학적 생태 속에 인간적 소회를 비겨 넣는 서정적 연동은 서정시의 기본 원리를 포함하는 견실한 시적 눈썰미와 지향으로서 "사랑을 허락한다는/ 외마디 낙관"처럼 절절한 관계의 징후를 내면화하는 데 방점을 찍곤 한다. 이렇듯 "외마디"의 절절함이 지니는 함축적 의미는 사랑의 에로스eros와 타나토스thanatos를 아우르듯 품으며 자아 속에 타자를 동시적으로 관망하는 '상사相思'의 겨를을 생태적으로 보여준다.

2. 홍염紅艷의 상징성과 자애의 온축蘊蓄

서정이 시인의 오래된 주관적 정서의 메카와도 같은 역할이라면 이 서정의 중핵은 바로 홍염의 뉘앙스로 상징되는 연애의 정서이다. 이 연애는 현실적인 것이면서 동시에 이상적인 지향을 함께 거느리는데 거기에 더하여 사랑에 대한 홍오선의 경험과 지향이 돈후하고 나름의 스케일로 훤칠하게 시공간의 상상을 결속해 낸다.

홍오선에게 사랑은 지고지순한 실존적 테마이다. 이것은 주제의식의 단순성의 한계가 아니라 드넓은 존재의 확장과 그 심오한 삶의 오의奧義를 일깨워 가려는 시인의 서정적 전략에 가깝다. 육신의 쇠락은 있어도 한계가 없

는 영혼을 택한 시인의 선택은 열림과 닫힘의 구분 자체
가 무의미한 우주적인 일상이며 일상적인 우주의 쌍방향
적 차원의 고도高度의 언어적 자장磁場인 셈이다.

　　풋잠 든 그 사이로
　　누천년이 흘렀으리

　　서로가 알지 못해
　　무심히 지나쳐도

　　엇비낀 꿈길 안쪽에 그대 자리 있었으리

　　한없이 풀려 나간
　　실타래 끝은 어디

　　따라붙는 세상일에
　　손사래 쳐보아도

　　잡을 듯 잡지 못하고 놓을 듯 놓지 못한
　　–「붉은 실 이야기」 전문

삶의 난처함과 곤고함을 이를 때 '난마亂麻, anarchy'라는 통상의 비유를 쓰거니와 이런 실絲이 갖는 지난한 삶의 비유는 "풋잠 든 그 사이로/ 누천년이 흘렀"어도 우리네 인간사에 늘 포진하게 되는 여러 사연과 곡절들의 이미지로 여전히 유효하다. 이런 실과 관련하여 흥미로운 대목은 '실'의 영어적 어휘엔 두 가지 개념적 이해가 갈마들어 있다는 점이다. '실'을 뜻하는 영어인 'yarn'이 즉물적으로 실 그 자체를 뜻하기도 하지만 동시에 '이야기'라는 서사敍事의 개념과 연동되어 있다는 점이다. 동서양을 막론하고 이런 실의 여사여사한 이야기성은 홍오선의 동양적 율조에 의해 시적 전이轉移를 보인다는 점이다.

그런데 이런 연대기적이고 당대적인 삶을 근시안이 아닌 거시적인 안목에서 바라보는 시인의 눈길은 자못 담담하면서도 담대하며 섬세한 눈썰미로 "세상일"을 그윽이 톺아보는 지경에 이르렀다. 이러한 실이 갖는 서사적 얽힘의 뉘앙스는 다시 맺힘과 풀림이라는 변증법적인 과정을 거치며 "실타래 끝은 어디"로 어떻게 변곡점을 그릴지 쉽게 예단할 수는 없다. 홍오선의 시적 안목이 섣부르지 않고 예리하게 빛나는 지점은 바로 여기에서부터인 듯싶다. 숱한 변전變轉과 반전反轉을 거듭하는 삶의 복잡

성을 "잡을 듯 잡지 못하고 놓을 듯 놓지 못한" 채 양가적 兩價的으로 혹은 다기多岐함의 형태로 묘파하는 시인의 견실한 시야를 주목할 필요가 있다. 특히나 제목에서도 환기되듯 '붉은 실'의 이미지가 갖는 혈연적 내지는 천생연분의 뉘앙스는 화자의 시적 스케일과도 일정 연관을 띠는 적실한 인상을 주게 된다. 즉 삶과 죽음의 시공간을 거시적으로 내다보기도 하고 "따라붙는 세상일"처럼 일상의 현장을 미시적으로 들여다보면서 인연을 서정적으로 조감鳥瞰하는 너름새가 완연하다. 이는 예부터 오늘에 이르는 모든 존재의 서정적 풍모들을 떠올리는 통시성通時性과 오늘의 고조된 시인의 속종에 "엇비긴 꿈길 안쪽에 그대 자리"가 있음을 확인하는 공시성共時性의 서정이 함께하는 로망roman/novel의 율조인 것이다.

한사코 너를 향해
쏘아대는 내 눈빛과

한 치 오차 없이
되돌리는 속내까지

푸념을 뱉어놓은 듯

부질없는 끝 여름

평생 눈길 한번
주지 않던 지아비가

지어미 가슴앓이
짚어나 주는 듯이

슬며시 꽃 하나 달고
오두마니 앉았다
　－「개똥참외」전문

　시적 정서와 체험의 인상印象이 만나는 지점에서 홍오
선은 주로 식물성의 대상을 시적 매개로 삼곤 한다. 그런
데 흥미로운 점은 자신의 체험적 이력 속에서 거의 사랑
이 부재하거나 결핍됐다고 여겨지는 지점에서도 사랑의
환상을 끌밋하게 연출해 낸다는 점이다. 무뚝뚝하고 자
상하지 않은 "지아비"가 "지어미 가슴앓이/ 짚어"주듯이
"슬며시 꽃 하나 달고" 앉아있는 순간의 포착은 참으로 절
묘하여 "한 치 오차 없"는 인상적 데생력이다. 그런데 무

엇보다 더 절묘한 지점은 그런 사랑의 이미지인 꽃을 피워낸 것이 아니라 "꽃 하나 달고" 있다는 한정적 설정에 있다.

사랑의 자발성의 차원이 아니라 어딘가 급조한 듯한 어설픈 온정주의의 생색의 분위기를 묘파해 내는 홍오선의 시적 눈썰미는 이 「개똥참외」를 통해서 사랑의 전체성을 결핍의 경험과 후미진 기억을 통해 그 온전한 면모를 반어적으로 드러내는 데 특출한 면모를 돋워낸다.

보챔도 서듦도 없이 달그림자 걸음으로/
벙글 듯 눈썹이 젖는 꽃잎의 여린 어깨/
첫사랑 내게 오듯이 그렇게 물이 드네

몰래 앓던 몸살처럼 저 붉은 꽃의 나이/
밤새워 손잡아 줄 그리운 그 얼굴만/
천천히 아주 느리게 기척으로 다녀가네
  ─「봄, 아다지오」 전문

그런데 이런 시인의 사랑에 대한 우주적 모성母性의 온후함은 결코 속도와 쾌척快擲의 뉘앙스가 아니라 오히려 그 반대의 경우에 해당한다. 즉 "보챔도 서듦도 없"는 "달

그림자 걸음"이며 더불어 "꽃잎의 여린 어깨"를 보듬듯이 미미하고 소소한 것들까지 거느리는 완보緩步의 자연을 닮았다. 그러니까 이 느림의 미학은 결코 게으름이 아니라 너름새이며 가림이 적은 오지랖의 경우라 할 만하다. 누락되거나 소외되는 이 없는 경우를 상정할 때 시인의 행보는 "천천히 아주 느리게" 살피는 "기척"으로써만 가능한 챙김의 여력 같은 것이다. 그러한 정황을 우리는 '봄'이라는 계절적 징후와 관련지어 볼 만하다. 이런 사랑의 보편성은 저절로 채워지는 것이라 느림을 통해야, 그리고 "몸살처럼" 자신을 앓아야 도달할 수 있는 경우란 것을 홍오선은 나름의 연륜 속에서 체득한 것이다. 그러할 때만 세상에 미만彌滿해 있는 생명의 잠재성들이 "붉은 꽃의 나이"를 피워낼 수 있다고 화자는 끌밋하니 내다본 것이다.

여름이 다 가도록 돌아오지 않는 처용/
자고 나면 거짓처럼 내 입술은 더욱 붉어/
천년을 건너온 사랑 멍울져 타오른다

남겨둔 발자국은 이리도 선연한데/
내 가슴 그 안쪽은 바람 불다 비가 오다/

가을날 몸부림치는 핏덩이를 뱉곤 한다

　－「맨드라미」 전문

　홍염紅艶의 붉은 기운을 한데 뭉쳐놓은 것 같은 맨드라
미를 시인은 "천년을 건너온 사랑"이 "뭉울져 타오른" 것
으로 절절하게 실물화하고 "가을날 몸부림치는 핏덩이"
라며 울혈鬱血의 열정적 상관물로 대상화하기도 한다. 무
엇보다 시인은 이런 계절의 공간에 한정된 식물인 맨드
라미를 훌쩍 뛰어넘듯 광활한 시간의 영역인 "천년을 건
너온" 연정의 대상으로 환치함으로써 그 스케일을 툭 틔
워놓는다. 이것이 사랑의 초월성이라고 말하는 듯하다.
한정된 시공간의 제약을 깨고 넘어서 선망羨望하여 있고
자 하는 곳에 있게 하는 것, 그것이 초월의 진정한 자리매
김이라고 그 붉은 단심丹心의 숨탄것인 맨드라미를 통해
진진하게 말한다.

　연습이란 것도 없이
　단숨에 달려와서

　그리워 느닷없이,
　우리 서로 맞잡은 손

이제 와
돌이켜 본다
망연히 놓친 언약

한때 꽃이었고
또 한때 노래였던,

즐거이 바장이던
그 길목 아래에서

종일을
울었나 보다
저 붉은, 눈빛 바림
　-「눈빛 놀」전문

　　신체의 세밀한 기미와 자연의 현상을 비겨놓는 가운데
흩어졌던 마음의 시공간들이 격절隔絶을 풀고 마치 미간
을 그윽이 모으듯 한데 모이는 지경이다. 여기서도 사랑
의 기미를 돌이킬 수 없는 존재의 신체적 증상처럼 시화

詩化한 독특한 뉘앙스는 이 시조가 갖는 매력이다.

만남과 이별을 기본 구도로 삼으면서도 그 안에 되새김질하듯 "돌이켜" 보듯 "망연히 놓친 언약"들은 서정적 존재가 갖는 내밀한 화두話頭처럼 사랑을 복기復碁하기에 이른다. 그런 가운데 사랑의 단심을 축으로 하는 모든 실존의 행위들은 "한때 꽃이었고/ 또 한때 노래"라는 가구佳句에 이른다.

사랑이 아니고서야 이 세상에서 돌이켜 꽃다운 노래의 존재로 기억되는 것이 달리 무엇이 있으랴 싶다. 이런 시인의 심정은 관념의 차원이 아니라 실존의 차원, 더 나아가 몸과 맘이 한데 느꺼워 "종일을/ 울었나 보다"라고 술회하기에 이른다. 그리고 그 울음의 진행과 결과인 듯한 눈자위의 "붉은, 눈빛 바램"은 홍오선의 디테일한 관찰력과 감성적 인상력이 묘파해 낸 절묘한 결구結句로서 끌밋하기 그지없다. 사랑의 붉은빛이 "눈빛 바램"으로 눈자위에 그려낸 저 붉은빛의 상징성은 한때의 것이 영원의 것으로 가는 "바램"의 색채로 소슬하고 돌올하다.

3. 추억과 시간의 변증법적 교응交應

과거의 기억을 조리차하는 화자의 시간 관념은 물리적

시간의 속성을 완곡하게 와해해 오히려 쌍방향적인 교감의 대상으로 삼는 데 능란하다. 기억은 과거를 살아낸 존재의 산물이다. 그러나 추억은 그 기억을 재장구치고 되새기며 농익은 내면의 형질로 재구성한 시인의 시간에 대한 속편 같은 것이다.

기억이 평면의 언어를 산출하는 데 그칠 공산이 크다면 추억은 입체의 시공간을 다시 도드라지게 하는 데 순정한 열정을 에너지로 공급한다. 그런 의미에서 홍오선에게 시간과 추억은 사랑의 정서를 온건하게 옹립해 나갈 수 있도록 하는 정서적 질료와도 같다.

앞만 보고 올라온 길
저만치 바라보면

줄을 선 자동차의 뒤쪽 방향 불빛 같은

나직이 번지는 눈물
꼬리를 물고 간다

놓쳐버린 젊은 날이

저렇듯 따라와서

빠끔히 눈치를 보는 서울의 한복판에

추억을 방생하는 밤
지나온 길 환하다
　－「육교 위로 뜨는 달」부분

일과성一過性의 시간이 화자에게 있어 다시 존재의 서
정적 시간으로 복귀하는 것은 무엇보다 시간의 기억과
맞물린 내면의 언어를 찾는 데서 비롯된다. "앞만 보고 올
라온 길"이 물리적 공간의 지표를 넘어 내면의 도정道程
을 확보하는 것은 무연한 듯 "저만치 바라보"는 회감懷感
의 눈길이 깊어짐을 통해서일지도 모른다. 즉 맹목적인
앞쪽이 아닌 "자동차의 뒤쪽 방향 불빛"처럼 후미를 되돌
아보는 일종의 성찰의 시선을 통해 가능해지는 영역이
다. 즉 관성적인 삶의 시선에서 비켜선 자리에 "나직이 번
지는 눈물"의 서정이 "꼬리를 물고" 그간의 인생의 지향
을 다시금 습습하니 되돌아보게 한다.
　추억은 센티멘털의 자리만이 아니라 외재外在한 숱한
경험과 현상을 살아낸 작금의 화자 자신의 현재를 묻는

자성自省의 문법으로 돌올해진다. 시인은 늘 그런 소슬한 자기에 대한 질문과 대답의 "한복판에" 처한 존재인지도 모른다. 그럴 때 "육교 위로 뜨는 달"은 외계의 상관물에서 추억을 공유하는 대자적對自的 자아의 상징으로 유심唯心해진다. 이렇게 유심해지는 순간이 홍오선의 서정적 통찰력이 현재와 과거와 미구未久에 닥칠 앞날의 시간들과 회통會通하는 지점으로 오롯해진다.

내 젊음에 머물던 무작정의 한때 초록

그 초록이 겨워하며 뱉어낸 다홍이다

누구도
다치지 마라
어우러져 핀 저 꽃을

세상일 서툴러서 이리저리 부대끼다

타닥, 어느 순간 튕겨 나간 불티처럼

네 가슴

별이었다가

사위어간 추억들

  –「모닥불」전문

  이렇듯 시인의 통찰력은 추억을 과거의 불가피한 부
산물로 보는 것이 아니라 "누구도/ 다치지 마라"라며 "어
우러져 핀 저 꽃"들로서의 "모닥불"의 내재적 의미로 현
재화하는 겨를을 갖는다. 그것은 "무작정의 한때 초록"
에 매몰돼서는 이룰 수 없는 지경이다. 즉 시간성을 내면
화한 시인의 통과제의를 통해서만 가능한 일이며 "세상
일 서툴러서 이리저리 부대끼"는 것을 마다하지 않는 수
용의 자세를 통해 진작되는 세계이다. 또 가열한 경험과
교감의 열도熱度는 "튕겨 나간 불티처럼" 발화하는 "별"의
속성을 지닌 추억과 시간이 변증하는 시의 방편이기도
하다.

  숨차게 지나온 길 어쩌다 돌아보니

무작정 흘려보낸 남루한 시간들만

가뭇한 그림자 되어 이 저녁을 덮는다

거꾸로 돌려놓은 모래시계 꼭 그만큼
젊음도 한때거니 도리질을 하는 사이
지금이 꽃자리인 척 슬그머니 속아준다
   ―「임시방편」부분

그런 의미에서 홍오선이 매만지고 결속하는 추억의 스타일은 과거의 권속眷屬만이 아니라 현재와 미래를 끌밋하고 온후하게 열어가는 경륜과 속 깊은 서정의 에피그램을 체화體化하는 인식의 경로 같은 것이다. 비록 그 시간의 잉여 같은 "남루한 시간들"만 "가뭇한 그림자"가 돼 남았다고 겸손되이 말하지만 그것은 부지불식간에 "돌려놓은 모래시계"처럼 새로운 지혜의 방향을 열어놓는 성찰에 들게 한다.

새삼 "돌아보"게 되는 시간의 지점, 지금이라는 현재조차 빠르게 또 과거로 흡수되지만 시간의 긴 여로旅路로 본다면 제목처럼 '임시방편'의 과거이자 현재, 그리고 미래를 끌어다 쓰는지도 모른다. 그러니 시인이 "지금이 꽃자리인 척" 속아주는 것은 위악스러운 제스처라기보다는 늘 과거의 상태보다 노후하다 여기는 지금이 생물학적인 지점을 넘어 온축된 정서의 난숙爛熟함을 구가할 마련이 드는 때임을 자각하는 순간이기 때문이다.

단 한 번 놓지 않고 평생토록 움켜잡은
어머니 그 한생이 실타래로 뭉쳐있다
실 한끝 못 미더워서 털지 못한 목숨 줄이

대바늘 코에 걸린 외줄을 당겨보니
이다지도 질길 줄은 왜 미처 몰랐을까
당신이 이루고 싶던 그 꿈의 질량만큼

꽃자리 마다하고 손마디 불거지도록
모진 자서전을 끝없이 풀어 쓰다
이제야 놓고 돌아선 뒷모습이 둥그렇다
　-「시간을 뜨다」 전문

　이렇듯 시간에 대한 시인의 입체적인 조감 능력은 털
실 뜨기라는 수예 작업을 통해서 아주 끌밋하게 연출돼
있다. "실타래로 뭉쳐있"는 "어머니 그 한생"은 앞서 언급
한 난마와도 같은 인생의 비유와 서사적 의미를 다시금
연관 짓게 하는 대목이기도 하다. "대바늘 코에 걸린 외줄
을 당겨" 쓰듯 삶에 내재한 "이다지도 질"긴 줄은 화자든
그녀의 어머니든 "꿈의 질량"을 질료로 엮어낸 것임을 새

삼 깨우치는데 묘한 에스프리가 감돈다.

한생의 "모진 자서전"을 브리핑하듯 "풀어 쓰"는 일이야말로 지난 시간에 대한 현재 시간의 회감의 교응적 눈길이며 훗날의 시간에 넘겨줄 한 생애의 유산에 값하는 시간의 되새김질 같은 것이다. 이렇듯 "시간을 뜨"는 일의 수예적手藝的 콘셉트는 "풀어 쓰"는 일의 지난함과 자연스러움을 동시적으로 그려내는 시인의 수일秀逸한 재현을 통해 도드라진다.

인정머리 전혀 없는
시간은 톱니바퀴

우물쭈물하다 보니
가다 서고 서다 가고

가끔은
거꾸로 가는지
휘청대는 이 봄날

오롯이 나를 위해

한 줌 쌀을 씻는다

빈 솥에 별을 안쳐
눈물 금을 맞춘다

밥물이
넘치지 않게
알맞게 뜸이 들게
　－「나잇값」 전문

　난숙한 존재의 서정과 깊이를 단숨에 체득할 인생이
란 처음부터 없었을 것이다. 그러니 연륜과 경험치가 쌓
인 이즈음의 시인은 "인정머리 전혀 없는/ 시간은 톱니
바퀴"라고 그 냉정함을 말하면서도 그 시간이 "거꾸로 가
는지/ 휘청대는 이 봄날"을 느낀다. 시간이 지닌 다의성多
義性과 다양한 면모를 돋워내는 일은 결국 홍오선이 지닌
시인으로서의 "나잇값"의 일종이다.
　"오롯이 나를 위해/ 한 줌 쌀을 씻는" 행위는 개인주의
화된 현대사회의 정경을 단적으로 제시한 것이 아니라
시인이라는 단독자적 지성知性의 풍모를 그윽이 그려낸
것이다. 그러니 시인은 "빈 솥에 별을 안쳐/ 눈물 금을 맞"

추는 서정과 감성을 그 존재 안에 취사炊事하는 일로 시간 속에 살아가는 존재이다. 그러한 시인 된 자는 시간으로부터 부과되거나 잉여 된 심성心性과 추억과 상상의 교응을 통해 자기 그릇에 맞춤한 시의 밥을 짓는 일로 고통스럽고 즐겁다. 그것은 홍오선의 시조가 지닌 과도하지도 않고 미흡하지도 않은 시조 정형률의 범위 안에서 온축되어 온 서정의 문법과 함께한다. 즉 "밥물이/ 넘치지 않게" 의미의 절제와 응축을 도모하는 일이며 "알맞게 뜸이 들게" 정서를 잘 녹여내는 시조의 품위와도 맥락을 같이한다. 이런 시조의 서정성을 추억을 비롯한 여러 시간의 방향성 속에서 일구고 조리하는 것이 새삼 시조의 나잇값이자 시인의 그간의 남다른 달란트로 녹아들어 있다.

4. 시조의 숙명과 순명의 영성靈性

시조시인에게 외따롭게 주어진 숙명이란 게 있다면, 적어도 홍오선에게는 사랑을 재장구치듯 거듭 그 참서정의 본령本領을 재우치듯 일깨우는 일만 같다. 현실은 늘 강퍅하고 모질 때가 많아서 무상無償의 사랑 같은 것을 플라토닉platonic의 환상 정도로 치부할지 몰라도 시인에게는 우주적인 모성의 깊이와 자애로운 친화력이 늡늡하고 충일하게 드리워있다.

　　맨손 맨발인 채
　　지천으로 뒹굴어도

　　목숨 줄 하나만은
　　질기디질긴 복이었네

　　오늘도
　　살아있음에
　　부끄럽지 않은 빈손
　　　－「맨몸뚱이」부분

　'개망초꽃'을 의인화한 이 시조가 갖는 표현은 얼핏 범박해 보이지만 그 속내를 가만히 헤아려보면 여간한 연륜의 서정이 농익어 드리운 게 아니다. 그리고 삶을 바라보는 눈길이 관념적 차원에서 드러날 수 없는 갖은 세월의 영고성쇠榮枯盛衰를 받자하니 순연하게 겪어낸 시인의 허허롭지만 듬쑥한 깨달음의 절요節要가 대나무 마디처럼 도드라져 있다. 비록 "맨손 맨발인 채" 세상에 내던져진 존재인 듯해도 그래서 그것이 박복薄福의 지경이라는

게 세간의 생각일지 몰라도 시인은 "목숨 줄 하나만은/ 질기디질긴 복"이라는 자족적인 일종의 견성見性에 다다른다. 누구나 이런 말을 할 것 같지만 아무나 할 수 없는 실효적인 자각의 반열이다. 실천적이고 궁행躬行의 심성을 가진 사람으로서 도달하기 쉽지 않은 지경에서 시인은 왕성한 번식력과 소박한 꽃숭어리를 드리우는 개망초를 통해 "살아있음에" 그지없는 겸허와 감사를 돋워낸다.

삶과 죽음을 대척적인 관계의 양상으로만 보지 않고 삶을 겸허하게 완성시키는 죽음이거나 죽음을 삶의 영속永續이 이어지는 불가피한 잠시의 절연쯤으로 본다면 홍오선에게 있어 '살아있음'은 그 자체로 매순간이 갱신의 몸바탕이다. 여기에 그 살아감이 물질적 풍요에 절대치를 두는 세속의 욕망과 일정 거리를 두면서 오히려 그 살아있음 자체가 "부끄럽지 않은 빈손"이라는 도저한 개결介潔함의 각성을 일구어내기에 이른다. 그런 의미에서 제목의 "맨몸뚱이"는 물질적 욕망의 세례를 견디고 풀어 헤친 서정적 자아의 돈수頓修의 이미지이자 순결한 영성의 화신化身에 부합한다.

오래된 먼 이야기 귀도 눈도 다 멀어서/
가여운 목울음만 허공을 베어 물고/

이곳에 누워있구나, 참 환한 꽃밭이다

아랫녘 모래바람 안부로 들려오는/
기도문의 첫 줄 같은, 깊어진 포옹 같은/
한 품에 안겨 들거라 어미젖을 내주마
　　－「실크로드, 아기 미라」 전문

　시간의 격절을 뛰어넘는 시인의 너름새는 실크로드의
어느 사라진 왕국에서 발굴된 것으로 보이는 "아기 미라"
를 단순한 주검이나 무덤의 부산물로 여기지 않는다. 비
록 "오래된 먼 이야기"라서 "귀도 눈도 다 멀어" 보이지만
여전히 생의 환생처럼 들여다보는 시인의 순정한 상상력
은 구순하고 다감하기 그지없다. 그러니 그런 누워있는
미라를 향해 "참 환한 꽃밭"이라고 서슴없이 마음의 눈길
을 주기에 이른다. 거기에 더하여 어느 시대의 후미진 변
방에서 이른 죽음에 다다른 미라에게 한 "한 품에 안겨 들
거라 어미젖을 내주마"라는 화자의 입말은 한 시인을 넘
어 모신母神의 덕성을 온후하게 품어 보인다. 어린 주검을
죽음의 권속으로 보지 않고 생의 총아寵兒로 보는 시선은
애틋하고 후덕한 어미의 우주적 심성에 다름 아니기 때
문이다.

죽음의 새끼가 아닌 삶의 미아迷兒로 간주하는 저 습습한 눈길은 오늘날처럼 네 새끼 내 자식으로 갈라치는 이기적인 부모상을 훌쩍 뛰어넘는 우주어미宇宙大母의 기상과 속종을 내려 받은 경우에 필적한다. 이는 곧 세상 모든 새끼들은 어느 인종 어느 나라 어느 가문 어느 학벌의 차이에 상관없이 모든 어려운 지경에선 하나같이 내 새끼에 버금간다는 일종의 우주적 생명률生命律을 따름이 아닌가. 어쩌면 크고 작은 간난고초를 거치면서도 세상 모든 사람들, 그 주변의 숨탄것들조차 숨결을 유지하는 것에는 남모르는 우주적 도움의 갈마듦이 있음을 이 시편은 바탕에 깔고 있는 듯하다.

이러한 후덕한 속종은 그야말로 크고 작은 일상에 갈마든 천명天命을 따르는 시인의 소슬한 처신이자 마음자리의 도드라짐이지 싶다.

찍어놓은 말없음표 갈증으로 고입니다

베갯머리 자리끼가 가끔씩 출렁입니다

머리맡 한 대접 물을 손님으로 모십니다
　－「물맛」전문

144

우리가 흔전만전 쓰고 마시고 버리는 물을 바라보는 시인의 고즈넉한 시선은 생명의 근원이라는 일반론을 차치하고라도 명상과도 같은 수성水性의 여러 가능성을 열어놓는다. 일찍이 노담老聃께서 세상에 물처럼 좋은 것은 없다上善若水고 했거니와 일견 석연치 않은 "말없음표"가 "갈증으로 고"이더라도 그걸 받아안는 포용성이 물에는 담겨있다. 세상의 시비 분별이 완연할 때 "베갯머리 자리끼"는 "가끔씩 출렁"이며 스스로를 깨우치듯 낙락하게 세상 미추호오美醜好惡의 대상들의 기갈난 듯한 갈증을 적셔 해갈해 준다. 이런 순연한 덕성이었기에 화자에게 있어 "물맛"은 담담하면서도 그윽한 맛 중의 맛으로 윗길이지 싶다. 그런 물맛의 미각味覺은 단순히 혀의 감각을 넘어 경륜의 덕德과 순리順理의 경지를 대변하는 심리적이고 심미적인 성정의 맛으로 삶을 참관하는 듯하다.

　근원과 순명順命의 담백함과 담담淡淡함을 품은 "물맛"이기에 물질성이면서 동시에 정신성을 아우르는 "한 대접 물"은 그냥 흘릴 수 없는 종요로운 "손님"의 반열에 올라 숭고해진다. 이 숭고함이 바로 모든 상충되는 것들과 반목하고 갈등하는 상황을 타개해 가는 '물'의 순행과 그 물맛을 향한 시인의 정서적 감각을 수일하게 드러낸다.

천지가 아뜩하구나
너 없이도 봄은 오고

다시 또
이월 스무날
그림자는 어룽지고

울다가 빠개진 가슴
제풀에 돋아난 별
　－「초저녁 별」전문

　때로 우리는 그윽이 질문하게 된다. 시詩가 삶으로부터
왔는가, 삶이 시로부터 동터 왔는가라고 말이다. 우문愚問
과 현답賢答을 가릴 계제도 없이 이런 질문이 돌올해진 배
경은 좀 더 실존적인 정황에 기대고 있다. 물음이 배어있
지 않은 시나 물음이 추동하지 않는 삶은 깨우침이 없는
답습과 관성慣性에 결탁하게 된다는 것을 말이다. 섣부른
답을 꾸미기에 앞서 물음을 갖는 시와 삶이란 서로 격절
하지 않고 어제를 상고尙古하고 오늘을 늠늠하게 품으며
내일을 여는 지향성을 갖게 된다. 홍오선의 서정적 온축

146

이 갈마든 시편들이 그러한 사랑의 물음과 그 실천적 내면의 구문을 통해 때로 "천지가 아뜩하"도록 우리에게 묻는 건 아닌가 싶다.

사랑을 선택이 아닌 숙명으로 여기는 자에게 있어 세상은 아직도 사랑할 마련이 있는 곳이니 다시금 "천지가 아뜩하구나" 싶을 것이다. 너무나 당연하게도 이런 시인의 시적 영성靈性은 "울다가 빠개진 가슴"을 기꺼이 자처하는 존재이다. 그것은 곧 숙명을 따르는 시인의 실존적 현황이어서 그 아프게 열어낸 가슴에서 "돋아난 별" 같은 시운詩韻을 품어 산출하기에 이른다. 아프게 그리고 아름답게, 더하여 끌밋한 슬픔의 서정을 다감하게 품어내는 일로 시인은 그리고 시는 여전히 현실로는 덧없고 무용하며 우주적으론 무한한 끌림이자 울림에 값하는 소용所用이지 싶다. 시인은 그 사랑의 우주율宇宙律을 세상에 펼쳐 따르면서 동시에 개척하는 눈길을 다수굿이 빛내고 있다.